QUESTIONS

A L'ORDRE DU JOUR.

Prix : 30 Centimes.

PARIS,

Chez CORRÉARD, libraire, Palais-Royal, gal. de bois

8 avril 1820.

QUESTIONS

A L'ORDRE DU JOUR.

SECTION Ire.

Destitutions.

Lorsqu'en 1817, M. Benoît, conseiller d'état, membre de la Chambre des députés, se leva avec ses amis du côté droit, contre les projets de M. Decazes, M. Benoît fut destitué.

Les hommes monarchiques crièrent au scandale; car c'était eux que l'on attaquait; les amis de la liberté invoquèrent les principes, parce qu'ils ne font pas acception de personne, et les ministres vantèrent à leur aise, dans les journaux censurés, l'indépendance des fonctionnaires.

En 1818, cette indépendance fut de nouveau constatée par la destitution de M. Dupont de l'Eure. Cette fois, les hommes monarchiques murmurèrent encore, mais ce fut contre M. Dupont. Quant aux patriotes, ils demeurèrent convaincus, et ils démontrèrent à leurs concitoyens, que l'incompatibilité morale des fonctions de député avec celles d'agent salarié du ministère, avait reçu un caractère, en quelque sorte légal, par les deux révocations ministérielles. Cet horrible blasphème, sévèrement proscrit dans les feuilles quotidiennes, reparut dans les pamphlets et dans les écrits sémi-périodiques; il devint comme un dogme populaire, et dans presque tous les les départemens, les électeurs comprirent qu'ils ne devaient pas choisir leurs défenseurs parmi les représentans du gouvernement.

C'est alors que se forma la *sainte-alliance* des hommes du centre avec ceux du côté droit : car ces ultras, si fiers dans leurs écrits, rachètent leur insolence par des complaisances secrètes. Inflexibles sur les principes, comme chacun sait, ils crièrent à la trahison contre MM. Camille-Jordan, Royer-Collard et quelques autres, et traitèrent de jacobins les électeurs qui ne voulaient, pour discuter le budget, ni préfets, ni conseillers d'état, ni procureurs du roi, ni directeurs généraux. Tout le monde vit bien alors qu'une loi qui consacrait d'une manière aussi scandaleuse l'indépendance des électeurs, était anti - ministérielle, anti - monarchique, anti - religieuse, anti - sociale ; et nos ministres, convaincus par le *tolle* universel, résolurent de la changer.

Des débris de la chambre servile de 1817, et de quelques députés, nommés, on ne sait trop comment en 1818 et 1819, le ministère s'est composé une majorité d'une douzaine de voix environ ; majorité imposante, inébranlable, et capable de résister à tous les argumens raisonnables.

C'est à cette majorité éminemment nationale, que nous devons la censure qui s'exerce déjà avec la partialité toute monarchique que l'on nous a promise, et la loi des suspects, si rassurante pour les citoyens, que de toutes parts ils se précautionnent contre elle. Nous lui devrons encore, et le renversement de notre système électoral, et le rétablissement du régime paternel de 1815, s'il plaît à nos ministres de nous y soumettre, ce qui n'est plus douteux.

Dans une pareille situation des choses, après une guerre aussi hautement déclarée entre l'opinion et les hommes du ministère, et au moment de l'ouverture de quatre colléges électoraux, qui précedera peut-être de peu de temps la convocation générale des électeurs du royaume, il convient d'examiner quelle conduite doivent tenir respectivement ceux des députés-fonctionnaires qui n'ont pas encore abjuré leurs prétentions à la confiance publique, et les citoyens qui vont être appelés à choisir nos défenseurs.

Quant aux premiers, leur rôle est tout tracé. Ceux qu'un reste de foi dans la marche rétrograde du ministère pourrait encore retenir sous l'étendart ministériel, ne sauraient y demeurer plus long-temps sans compromettre leur dignité d'une manière fâcheuse et presque officielle, aujour'dhui que la destitution de M. le comte de Girardin, et peut-être celles de MM. de St.-Aignan et Camille Jordan, vont dénoncer à toute la France la noble conduite de ces dignes citoyens et les manœuvres ignobles dont le public avait déjà quelques soupçons.

Mais leur courageux désintéressement a trouvé jusqu'ici peu d'imitateurs, et la généreuse défection de quelques fonctionnaires, ne fait que confirmer l'ostracisme prononcé par les électeurs patriotes contre les candidats qui se sont présentés à eux revêtus des insignes de leur servage politique. Aujourd'hui, une présomption justifiée par tant de votes et de propositions scandaleusement serviles, pèse malheureusement sur presque tous les agens du pouvoir. J'aime à me persuader qu'il s'en trouvera encore quelques-uns qui s'affranchiront avec éclat d'un joug déshonorant; et ceux-là seront amplement dédommagés, par l'estime de leur concitoyens, de la perte d'une faveur aussi passagère que le ministère caduc qui la leur promet. Mais ce n'est que sur la garantie d'un vote public en faveur des libertés nationales que les salariés du gouvernement peuvent espérer de l'emporter aux prochaines élections, et les électeurs ne voudront pas sans doute livrer nos libertés et nos fortunes à la merci d'hommes déjà célèbres par leurs complaisances pour les ministres, ou même dont l'indépendance politique n'est pas incontestablement reconnue.

SECTION II.

« Respect aux lois! s'écrient les ministres : si l'on ne les respecte pas, il n'est plus rien de sacré; on tombe dans le désordre et l'anarchie. » Oui, sans doute, il faut respecter les lois; mais de quelles lois veut-on nous parler? Est-ce des lois fondamentales de l'état? Notre respect est, je crois, suffisamment connu; on ne nous accusera point d'y porter atteinte soit par nos discours soit par nos écrits; notre vénération pour ces lois va jusqu'à l'idolâtrie, et, je ne crains pas de le dire, c'est précisement à cause de cet amour exclusif, que les partisans de l'arbitraire nous portent une haine aussi honorable. C'est parce que nous ne voulons subir d'autre joug que celui de la loi, qu'on nous traite de factieux ; c'est parce que nous demandons l'exécution de la charte qui est encore pour nous *la terre promise*, qu'on nous traite de perturbateurs du repos public. Mais qui nous adresse ce reproche? Les respectez-vous ces lois, vous qui ne craignez point de porter une main téméraire sur le pacte auguste d'où elles dérivent ? Vous voulez qu'on respecte les lois, dites-vous, et vous osez violer la charte! Répondez : est-ce par respect pour la charte que vous avez demandé le pouvoir d'étouffer la pensée avant qu'elle ait vu le jour ? Est-ce par respect pour la charte que vous avez demandé le pouvoir d'emprisonner tous les citoyens dont les opinions auraient le malheur de vous déplaire ? J'entends : vous voulez qu'on respecte les lois que vous avez faites ; celles qui favorisent votre ambition et vos complots ; celles que vous avez obtenues par la ruse, par l'intrigue ou par la captation. Vous voulez nous courber sous une tyrannie légale, et vous invoquez le respect pour les mesures tyranniques revêtues des formes extérieures des lois. Vous suivez la même route que les oppresseurs de tous les temps ont suivie pour arriver au même but. C'est au nom de la loi que le *comité de salut public* remplissait les cachots de milliers de citoyens ; c'est au nom de la loi que les pourvoyeurs des tribunaux révolutionnaires les envoyaient à l'échafaud ; c'est au nom de la loi que le sang innocent a coulé à Grenoble et à Lyon. On l'a déjà dit, mais on ne peut trop le redire, et je me fais un devoir de le répéter.

La loi, entre les mains de la justice, est un glaive nécessaire à la conservation de la société; entre les mains de l'arbitraire, c'est un poignard. Ne nous laissons pas abuser par des sophismes qui ne portent que sur des mots. Les mots *loi* et *arbitraire* se choquent. Les lois d'exception ne sont pas proprement des lois. Ce sont, au contraire, des dérogations à la loi; aussi comment voudrait-on que ces lois fussent respectées, lorsqu'elles n'existent que par la violation de la loi commune, de cette loi qu'on ne devrait jamais enfreindre? Si donc il arrivait que le peuple, long-temps opprimé par des lois injustes, en vînt au point de confondre toutes les lois dans sa haine ou son mépris; s'il osait leur désobéir lorsqu'il cesserait d'être contraint de s'y soumettre par la force, qu'en résulterait-il? Il en résulterait que, n'étant plus retenu par aucun frein, le peuple se livrerait à tous les excès de la licence; l'anarchie serait complète. Mais à qui faudrait-il s'en prendre? Quels hommes seraient responsables de tous les crimes et de tous les excès possibles? Est-il besoin de le demander? Ne seraient-ce pas des ministres imprudens ou criminels, qui auraient donné le funeste exemple de la violation des lois? Ne seraient-ce pas ceux qui ont demandé du respect pour l'arbitraire en renversant les institutions; ceux qui veulent isoler le trône au milieu de la nation? La charte était devenue l'évangile de tous les Français; en déchirant une seule page, en effaçant un seul article de ce pacte, vous affaiblissez, vous détruisez même le respect religieux dont elle est l'objet. Tous les hommes de bonne foi, tous ceux qui ne veulent ni révolution, ni contre-révolution vous diront que hors la charte il n'est point de salut.

Il en est temps encore, l'incendie n'est pas déclaré; retirez les brandons que vous avez jetés au milieu de la nation; hâtez-vous d'éteindre les torches que vous avez allumées, sauvez la nation, sauvez le trône d'une conflagration universelle!

Mais si vous persistez dans votre funeste système, n'espérez point qu'esclaves dociles, nous bénissions les chaînes dont vous nous avez chargés. N'espérez point que nous ayons des sentimens de vénération pour des lois tyranniques. Malgré vos sbires, vos geolierss et vos bourreaux, nous protesterons contre elles jusqu'à notre dernier souffle; nos voix importunes vous poursuivront partout, et malgré vous et vos partisans, nous vous mettrons dans l'heureuse nécessité de les révoquer.

SECTION III.

Souscription nationale.

C'est une vérité malheureusement trop démontrée, que les gouvernemens, oubliant le plus souvent qu'ils sont institués pour protéger la liberté, la sûreté des citoyens, emploient les moyens que la société leur avait confiés, dans ce but, pour exercer à leur profit la fraude, les violations qu'ils étaient appelés à empêcher. Dans ce cas, la société se trouve exactement, par rapport à ceux qui la gouvernent, dans l'état de défiance et de guerre où ses membres se trouvaient entre eux avant l'établissement d'une garantie commune; c'est-à-dire, qu'elle est placée dans la nécessité, ou de rappeler le gouvernement à sa destination primitive, ou de chercher en elle-même les moyens de se garantir contre les dangers qu'il lui présente.

Il est évident que du moment où le gouvernement menace la liberté, la sûreté des citoyens, ses rapports avec la société ont cessé d'être légitimes; que tous les liens moraux qui engageaient les citoyens envers lui sont rompus; et que si un tel gouvernement subsiste encore, ce ne peut être que par l'impossibilité physique où la société se trouve momentanément de le renverser, ou par l'espoir qu'elle conçoit de le replacer dans ses conditions naturelles. Mais, jusque là, tout ce que font les individus pour se donner les garanties, sans lesquelles l'état de société serait peut-être plus redoutable que l'état d'isolement, est incontestablement légitime.

Ces réflexions me sont suggérées par la souscription nationale que des citoyens courageux viennent d'ouvrir en faveur des victimes de l'arbitraire.

Une faction qui s'empare avec avidité de toutes les actions du parti national, pour les présenter sous des couleurs odieuses, s'est écriée que cette souscription était une provocation au mépris des lois, un appel à la révolte; que c'était un gouvernement qui s'élevait à côté du gouvernement réel.

En me renfermant dans la rigueur des principes que je viens de poser, je pourrais peut-être me dispenser de répondre à ces graves inculpations, et justifier suffisamment la mesure qui en est l'objet, en prouvant qu'elle tend à suppléer aux garanties que le pouvoir vient de détruire: mais à quoi bon accepter une charge dont on peut se dispenser. Il ne s'agit ici ni de provocation au mépris des lois, ni d'appel à la révolte, ni d'une autorité qui voudrait entrer en concurrence avec le gouvernement : pour réduire toutes ces choses à leur juste valeur, il suffit de se reporter à leur source. Pourtant je conviendrai que la souscription qui nous occupe peut encore, telle qu'elle est, présenter au premier aspect, deux grandes objections aux esprits les moins prévenus.

La première est celle-ci :

Ou les fondateurs de la souscription ont entendu protéger les ennemis de l'état contre les mesures du gouvernement, ou bien ils sont persuadés que l'arbitraire ne doit atteindre que des innocens ; et que, par conséquent, les ministres ne l'ont demandé que dans l'intérêt de satisfaire leurs passions personnelles.

Les noms honorables qui figurent à la tête de la souscription me dispensent de répondre sur le premier point de cette objection. Quant au second, je n'y répondrai qu'en reportant les esprits à la discussion mémorable qui s'est engagée dans les chambres sur la loi qui consacre l'arbitraire. Je rappellerai que des adoucissemens qui n'intéressaient en rien la sûreté de l'état, en la supposant compromise ; la sûreté du pouvoir, quelqu'ombrageux qu'on puisse le supposer ; mais que réclamaient seulement la raison et l'humanité ; je rappellerai, dis-je, que ces adoucissemens ont été impitoyablement refusés, et je demanderai s'il n'est pas permis de reconnaître à ces traits le caractère des passions.

Mais je veux que ce ne soient pas les passions qui aient sollicité cet arbitraire effrayant : ne se trouve-t-il pas aujourd'hui à leur disposition ?

Nous avons vu d'ailleurs que les ministres et leurs stipendiés s'attachaient surtout à incriminer les doctrines que nous considérons comme devant produire la mesure de liberté promise par la charte et que réclame en ce moment l'immense majorité de la nation. L'arbitraire devra donc atteindre ceux des partisans de ces doctrines qui se trouveront en évidence, et que l'on croira susceptibles d'exercer quelque influence. De là résulte encore la présomption d'innocence, en faveur de ceux qui seront frappés.

La seconde objection qui se présente est plus importante, mais ne s'applique pas au cas dont il s'agit : on pense que cette manière de s'assurer contre l'effet des lois, supposant chez chaque citoyen le droit de déterminer la mesure de liberté qui lui convient, et le degré d'obéissance qu'il doit aux lois, s'oppose à la force, et même à l'existence d'un gouvernement quelconque ; que par ce système la société se voit en proie à l'anarchie.

Mais bien (et je ne crains pas de le dire) que les fondateurs de la souscription aient dû considérer comme inconstitutionnelle, comme illégitime, par conséquent, la loi qui a donné lieu à leur généreuse entreprise. Ont-ils prétendu en empêcher l'exécution ? Non ; le pouvoir, comme il se l'est promis, pourra tout à loisir arrêter les citoyens, les détenir, les priver de toute communication avec leurs amis, leurs parens, leurs enfans ; il pourra à son gré frapper leurs esprits de toutes les terreurs du secret. Quelle est donc la prérogative que cette société menace ? C'est celle d'ajouter à tant de maux les horreurs de la misère ; c'est celle de laisser expirer de besoin peut-être une famille entière, que la privation de son chef laisserait sans ressources !

Déjà des poursuites ont été commencées contre les journalistes qui ont inséré le projet et les motifs de la souscription. Ces poursuites, peut-être, ne sont que le prélude de celles qui seront dirigées contre les souscripteurs, ou au moins contre ceux d'entre eux qu'il plaira au pouvoir de désigner. Le pouvoir veut-il donc nous prouver que la révoltante prérogative, dont nous parlions à l'instant, manquerait à ses desseins ? Est-ce ainsi qu'il prétend se justifier du reproche qu'on lui adresse de toute part d'avoir, au nom du salut de l'état, immolé la liberté à ses passions ?

Dans l'intérêt des avantages que la société doit attendre du respect pour la loi, je me garderai de provoquer les citoyens à résister violemment à l'exécution de celle-ci. Si la violence était le seul moyen de s'arracher à l'arbitraire, la force des choses produirait la violence ; mais dans notre état de civilisation, au degré de lumières où nous sommes parvenus, assez d'autres moyens moins dangereux nous offrent leur secours. Que le pouvoir donc use de l'arbitraire ; une loi lui en donne le droit. Mais un droit que je ne saurais lui reconnaître, c'est celui de changer cette loi déjà si terrible en un arrêt de mort, non-seulement pour ceux qu'elle frappe directement, mais encore pour leurs familles. C'est parce qu'il n'est personne qui osât soutenir que le pouvoir ait un pareil droit, que les citoyens se sont cru celui de se garantir contre cet effet possible de l'arbitraire.

Je suis bien loin de dire aux citoyens de résister à la loi. Mais je ne crains pas de les engager à répondre à l'appel que leur ont fait leurs généreux compatriotes. Je leur dirai qu'en s'y refusant, non-seulement ils agiraient contre leur propre intérêt, mais qu'encore ils manqueraient à un devoir sacré.

Le pouvoir verra-t-il, dans cette démarche, l'expression du mépris et de la défiance? je n'en sais rien : mais s'il en doit être ainsi, il faut convenir que le pouvoir est dans une position bien triste.

SECTION IV.

Souscription pour le soulagement des personnes détenues en vertu de la loi du 26 mars 1820.

Une loi d'exception a mis la personne de tous les Français à la discrétion de trois ministres. Il est impossible que pour l'application de cette loi, et surtout dans les départemens, ces ministres ne s'en reposent sur des subalternes ; les citoyens sont donc inévitablement exposés aux effets des haines particulières, du zèle excessif et peu éclairé, et de dénonciations mensongères ou précipitées. Ces inconvéniens sont inséparables de toute législation arbitraire.

Cette loi, en armant les ministres d'un pouvoir immense, et de rigueurs inconnues dans notre droit public, a créé une classe nouvelle d'infortunés, d'autant plus dignes d'intérêt, qu'ils peuvent être victimes d'inimitiés puissantes, et qu'aucune ressource légale n'assure pour un avenir, même éloigné, la manifestation de leur innocence.

« Personne, disait Malhesherbes, au nom de la cour « des aides, personne n'est assez grand pour échapper

« à la vengeance d'un ministre, ou assez petit pour se « dérober à l'inimitié d'un commis ».

La discussion de la chambre des députés a constaté que le système des emprisonnemens qu'on veut introduire, soumet de simples suspects à des privations que nos lois épargnent aux individus accusés régulièrement de crimes capitaux, et même à ceux que la justice a frappés des condamnations les plus graves. Les secours d'un défenseur, les soins de la famille, les consolations de la religion, peuvent leur être refusés.

Chez une nation généreuse, où jamais aucune infortune ne resta sans soulagement, il était impossible que cette nouvelle classe de malheureux ne trouvât pas des mains compatissantes pour essuyer leurs larmes. En face des tristes monumens de 1815, les citoyens ne pouvaient pousser l'imprévoyance jusqu'à négliger de s'assurer des ressources contre un genre d'affliction dont on n'est garanti ni par la gloire, ni par l'obscurité, ni par le sexe, ni par l'âge, ni même par aucune opinion politique, quelle qu'elle puisse être; car on a vu gémir dans les mêmes cachots, sous des cruautés uniformes, et en même temps, les partisans des doctrines les plus opposées.

Aussi à l'apparition de cette loi, une foule de citoyens de tous les rangs se sont portés chez la plupart des officiers publics, les banquiers, les notaires, dans les bureaux des journaux, pour y déposer des fonds qui servissent de ressources aux détenus, et exprimer le vœu d'une souscription qui en régularisât l'usage.

Jusqu'ici l'autorité publique a toujours vu avec intérêt, souvent même encouragé, les souscriptions destinées à alléger les maux dont gémit l'humanité.

Il en existe dans toute la France pour procurer des secours aux prisonniers atteints suivant les formes légales et même aux condamnés.

La souscription qui procure des secours aux suspects, n'est pas plus contraire à la loi qui emprisonne les suspects, que la société pour l'amélioration des prisons, ou le soulagement des condamnés, n'est contraire au Code pénal.

Les souscripteurs ne pouvant, à cause de leur nombre, s'assembler pour répartir des secours aux infortunés qu'ils veulent soulager, ont donné leur confiance à un certain nombre d'entre eux qui ont consenti à se charger de cet acte de bienfaisance.

Les distributions arrêtées par les mandataires seront soumises de temps à autre aux souscripteurs.

Ceux-ci auront la faculté de garder l'anonyme ou de consigner leurs noms sur les registres. On pourra souscrire soit pour une somme une fois donnée, soit pour des paiemens à faire à des époques déterminées. L'offrande la plus modique sera reçue.

Dans les trois mois qui suivront l'expiration des lois d'exception, les fonds qui se trouveront non-employés seront rendus aux souscripteurs qui les réclameront, ou bien appliqués à des actes de bienfaisance ou d'utilité publique.

Le conseil d'administration, informé, soit par les souscripteurs des départemens, soit par les parens et amis des détenus, fera valoir auprès de l'autorité les réclamations des personnes atteintes par la loi, et fera distribuer à elles ou à leurs familles les secours que leur position exigera

Tels sont les moyens par lesquels on a cru arriver au résultat qu'on s'est proposé.

Les soussignés, mandataires des premiers souscripteurs, espèrent que tous les amis de l'ordre et des lois, quelles que soient leurs opinions, se réuniront à eux, parce que l'arbitraire menace également toutes les opinions, et qu'il est de l'intérêt de tous de soulager des maux dont chacun à son tour peut se voir frappé.

Paris, ce 10 mars 1820.

Signé, J. Laffitte, Lafayette, d'Argenson, Kératry, Manuel, Casimir Perrier, Benjamin Constant, le général Pajol, Gévaudan, Étienne, Odillon-Barrot, Méilhou, Joli (de Saint-Quentin), Dupont (de l'Eure), Chauvelin, Lanjuinais, pair de France.

(*Supprimé par la censure.*)

SECTION V.

Rennes, 3 avril.

Je vous disais, dans ma dernière lettre, que déjà nos oligarques notaient et signalaient comme suspects les signataires de pétitions pour le maintien de la charte et de la loi des élections : l'un de nos amis aurait pu se citer en preuve et nommer même, s'il l'eût fallu, les personnes qui l'ont dénoncé, et celle à qui il a été enjoint de le surveiller, pour avoir coopéré à une pétition. Il paraît que ce genre de dénonciation acquiert chaque jour une nouvelle extension ; le fait suivant l'annonce :

La semaine dernière, M. de T...., maire d'une commune rurale, dans l'arrondissement de Rennes, manda à la mairie le sieur D....., l'un de ses administrés; celui-ci s'y rendit. Là, M. le maire lui apprit qu'il était dénoncé comme ayant signé ou fait signer un *écrit contre le roi, les nobles et les prêtres.* Il ajouta qu'un habitant d'une commune voisine, qu'il nomma, était dénoncé pour un fait semblable. Ce dernier avait signé une pétition pour le maintien de la charte; il paraît que le sieur D..... n'en avait signé aucune.

Avoir signé une pétition pour le maintien de la charte, c'est avoir signé un *écrit contre le roi, les nobles et les prêtres!* Ainsi voilà déjà l'esprit de parti qui dénature une démarche légale et veut y trouver un attentat contre le monarque. Comment ose-t-on dire que des pétitions qui ne contenaient que des sentimens d'attachement au roi fussent dirigés contre sa personne? On voudrait le faire croire, afin de pouvoir justifier, dans l'opinion publique, les vengeances que l'on médite.

Les pétitions étaient aussi des *écrits dirigés contre les nobles;* d'abord, pourquoi placer sur la même ligne le roi et les nobles? M. le maire voudrait-il que ses administrés s'habituassent à traiter les nobles avec le même respect que le monarque?

Les pétitions étaient des écrits dirigés contre les nobles et les prêtres : entendons-nous, M. le maire; voulez-vous parler du clergé décimateur et de la noblesse féodale? Vous avez raison : c'étaient précisément contre les fiefs et les dîmes qu'étaient dirigées les pétitions : voilà ce que vous savez, et voilà ce que vous ne pardonnez pas.

Du reste, vous savez bien que tous les pétitionnaires ne demandent que tranquillité et sûreté pour les nobles et les prêtres, tandis qu'ils ne chercheront pas à sortir du rang où les a placés la charte.......

§. V.

Les soussignés Étudians en droit à Grenoble.

MM. LES DÉPUTÉS,

La religion du monarque est trompée. Un ministère désavoué par la nation, nous montre déjà l'arbitraire menaçant sur les ruines de la charte et de la loi des élections. Le trône est en péril. La patrie en danger : au milieu des alarmes universelles, nos jeunes cœurs patriotes éprouvent le besoin de confier leurs craintes et leurs vœux à ceux que les suffrages du peuple ont fait les défenseurs obligés de la liberté publique.

On veut modifier la charte. Mais les représentans de la natien n'ont point de mandat pour autoriser le moindre changement au grand acte d''union entre la natiou et le roi; si nous élevons aujourd'hui la voix, c'est pour leur dire qu'ils excéderaient leurs pouvoirs, en discutant les projets anti-constitutionnels des ministres; et pour lèur rappeler, sans prétendre nous arroger la moindre influence illégale sur leurs délibératious, que lorsqu'il s'agit de la révision d'un pacte fondamental, il ne leur est pas permis de délibérer.

On veut détruire la loi des élections? mais la France entière réclame le maintien, et ses mandataires se garderont de repousser les vœux unanimes de leurs commettans pour obéir à l'impulsion des ennemis intérieurs et extérieurs de la patrie. Si les affidés du despotisme, escortés des phalanges réactionnaires de 1815 et de tous ceux qui, pendant 25 ans, combattirent sous ses drapeaux qui n'étaient pas français, si des ministres ambi tieux, forts de la pusillanimité des uns, étayés sur la corruption des autres, osent attaquer les gages de notre liberté et de la paix publique ; c'est aux organes de la nation dont on médite l'asservissement et la honte de conjurer les nouvelles tempêtes qui compromettraient son repos, ses franchises et sa prospérité.

Convaincus que des révolutions désastreuses seraient la conséquence inévitable du triomphe de la ligue ministérielle et aristocratique, nous venons mêler les accens de notre patriotisme à ceux de tous les Français qui n'ont pas perdu le droit de se glorifier de ce nom. La chose publique est la nôtre toutes les fois qu'elle sera menacée, nous saurons nous arracher à nos occupations privées pour prendre par à la sollicitude générale. Si l'on voulait nous reprocher notre âge, nous dirions que la jeunesse est le moment des sentimens nobles et généreux, et que nous nous estimons heureux de n'être portés à chérir notre patrie et à nous dévouer à sa défense que par un penchant naturel, non encore corrompu dans la sphère de l'intérêt et de l'ambition.

Revêtue de 109 signatures.

Imprimerie de P.-F. DUPONT, hôtel des Fermes.

www.ingramcontent.com/pod-product-compliance
Ingram Content Group UK Ltd.
Pitfield, Milton Keynes, MK11 3LW, UK
UKHW020503220726
13923UKWH00006B/2731

9 782019 301187